소금꽃을 꺾다

소금꽃을 꺾다

—

초판 1쇄 2020년 11월 23일
지은이 이정숙
펴낸이 김영재
펴낸곳 책만드는집

—

주소 서울 마포구 양화로3길 99, 4층 (04022)
전화 3142-1585·6
팩스 336-8908
전자우편 chaekjip@naver.com
출판등록 1994년 1월 13일 제10-927호
ⓒ 이정숙, 2020

—

—

ISBN 978-89-7944-745-3 (04810)
ISBN 978-89-7944-354-7 (세트)

책 만 드 는 집　시 인 선 1 6 0

소금꽃을 꺾다

이
정
숙
시
집

책만드는집

삶 속에서 우러난 시편들

먼저 어려운 시기 시집 상재에 뜨거운 박수를 보낸다.

"심심한데 나도 시나 써볼까?"

오래전 어느 국내 지도급 인사가 뱉었다는 이 한마디가 꽤나 오랜 세월 머릿속에서 지워지지 않아 다시 한번 곱씹어 본다. 처음 들었을 땐 마치 몽둥이로 뒤통수를 얻어맞은 느낌이었다. 굳이 의도적은 아니었달지라도 아직까지 마음 한구석 나를 괴롭히는 것은 그때 받았던 충격이 어지간히 컸던 모양이다. 요즈음도 어쩌다 이 말이 생각나면 그저 빈 하늘을 쳐다보며 허전한 가슴을 두들기는 것이 습관이 되어버렸다.

'할 일이 없으니 글을 쓴다?'

너무도 위험한 발상이다. 밤잠 설치며 고독을 짓씹고 피를 말려도 남는 건 외로움뿐인 예술인에 대한 모독이요, 도전이다. 그것은 스스로 들어갈 구덩이를 파는 자해 행위이기도 하다. 지금이라도 자신의 상식을 냉정하게 점검해 볼 일이다.

아무리 애를 써도 별 이문도 남기지 못하는 장사!

그런 와중에도 주위에 예술 인구가 심심찮게 느는 걸 보면 예술인에 대한 우리 사회의 시선이 결코 차갑지만은 않은가 싶다.

　어느 날 코로나를 핑계로 두문불출하는 야인에게 30여 년 전 여고 재직 시 머릴 싸매고 고심하던 제자가 찾아왔다. 문학 단체 모임에서 몇 번 만나 시를 쓰고 싶다는 이야길 들은 적은 있었다. 그 후 그가 썼다는 몇 편 작품에 대해 의견을 나눈 적도 있었지만 필자가 3년여 병치레를 하는 동안에 열심히 노력, 자신의 영역을 착실히 넓혀가고 있다는 소문을 풍문에 듣기도 했었다. 그저 아름다운 일상이거니 잊은 척 살아가던 어느 주말, 느닷없이 그가 찾아온 것이다. 심심하거나 할 일이 없는 것도 아닐 텐데 밑지는 장사는 아니었을지. 순간 잡다한 생각들이 머릿속을 스치고 지나갔다.

　자리를 잡자마자 원고 뭉치를 내놓으며 시집을 내겠단다. 서문을 한 줄 써달라는 것이다. 끝에 평론가의 묵직한 해설까지 곁들여 마치 명령하듯 들이미는 기세 앞에 나는 그만 기가 죽어버렸다. 세상이 어지간히 급박하게 돌아가고 있는 현실을 극복하고 버텨온 열성은 고맙지만 필자의 건강이 그렇게 좋은 편은 아니어서 그저 머뭇거릴 수밖에 없었다.

　시란 무엇인가. 왜 시를 쓰는가.

　그걸 따질 겨를이 없다. 살기 위해 시를 쓴다거나 시를 쓰기 위해 산다는 넋두리가 진실인지 과장인지는 조금 더 시간이 지난 뒤에 따져도 늦지 않다. 시를 쓰는 일 자체가 삶이라는데 그보다 더 소중한 게 어디 있을까. 나는 그가 좋은 글을 써서 많은 독자의 심금을 울려주고 하는 일마다 술술 잘 풀리기만을 바랄 뿐이다. 좋은 재목도 잘 다듬고 잘라 적재적소에 활용하지 못하면 짓던 집을 망치는 것처럼 아름다운 우리말도 잘 갈고닦지 못하면 좋은 작품을 빚을 수 없는 것이다.

꿈 많다는 여고 시절의 추억을 아직도 소중하게 간직하고 있었다니 감사하고, 허술한 옛 스승을 지금까지 기억해 주니 그저 고마울 따름이다.

사람에겐 젊음보다 소중한 재산은 없다고들 한다. 건전한 자산, 좀 더 신선한 젊음을 아낌없이 투자하여 우리 시대 좋은 결실을 맺어주기 바란다.

해 질 무렵
차에서 내린 노인이
손사랠 치며 요양원 언덕을 오르고 있다

굽 낮은 신발이 먼지를 가를 때마다
지팡이 끝에선
낡은 풍경 소리가 떨리고 있다

평생을 의지했던 낡은 휴식처

안식을 안겨주던 저녁 햇살에
붉은 눈물을 쏟아내고 있다

부지런히 발을 옮겨도
힘겹던 언덕길
인생살이만큼이나 좁고 먼 길 위에
맺힌 땀방울을 훔치며
털썩 주저앉는다

고철 같은 몸뚱일 내려놓으며
어둠 속에 긴 그림잘 감추고
올라온 길을 다시 내려다보고 섰다
 -「풍경」전문

어쩌다 여기까지 흘러왔을까.

원고 뭉치를 뒤적거리다가 어쩌면 남의 일 같지 않은 시 한 편이 자꾸 마음에 걸려 대문에 걸어본다.

『순자荀子』의「권학편勸學篇」에 靑取之於藍　而靑於藍(청취지어람 이청어람 : 푸른빛은 쪽에서 뽑아내지만 쪽빛보다 푸르다)이라 했던가? 부디 좋은 결과 있기를 바랄 뿐이다.

　　　　　　　　　　　 - 전 한국현대시인협회부회장 최재환

2부   그리움 하나 같이 날았다

3부   손맛이 춤추는 그곳

4부 돌아누운 사랑처럼

1부

내 안에 있는 증도 바다

감똑 떨어지던 날
－큰딸로 태어나

아침나절 감나무 밑에 서서
감똑 떨어지는 소리를 듣는다
실하게 익을 감들을 위해
인연 줄 끊어내는 비명이다

어머니는 자식들 가지치기할 때마다
제일 큰 가지부터 잘라내셨다
내 꿈은 날개 한 번 펴보지 못하고
번번이 잘려 나갔다

내 이름 앞에 붙은 큰딸
잘라내고 싶어도 자를 수 없는
또 다른 이름
떨어진 감똑에 눈길이 자꾸 간다

소금꽃을 꺾다

난바다를 퍼 올려 증발지에 널어놓고
늙은 산파가 아기를 받듯
봄날 햇살이 당일 소금을 부른다

소금이 온다
소금이 온다

형체도 없던 것이
제 피를 말려 모양을 만들고
바람에 살을 주며
갇혀서 말없이 앓던 가슴이
땀방울을 모아 담고

토판에서 소금이 익던 날
시집살이 그늘을 걷어낸 엄니
쓰디쓴 소금꽃을 피웠다
꼭두서닛빛 어느 저물녘
나도 달고 짠 소금꽃을 꺾어 안았다

지천명에 문득

어릴 적 나는 염소와 같이 자랐다
다혈질인 염소는 곧잘 화를 내었고
화가 날 때마다 뿔을 내세우며 나에게 덤볐다
가끔 날카로운 뿔에 받혀 울고 있을 땐
저도 옆에 다가와 매애 같이 울었다
고집은 어찌나 센지 목줄을 잡아끌면
버티는 힘에 번번이 내가 주저앉고 말았다

하늘의 뜻을 안다는 지천명에
문득 염소가 생각이 나는 것은
내 안에서 염소의 뿔 같은 것이
나도 모르게 자라고 있었기 때문이다
좋은 일 궂은일 이고 살다 보니
내가 염소요 뿔이었다
다혈질에 고집불통이 되어있다
그 뿔을 꺼낼 때가 됐나 보다

증도 바다가 내 안에서

증도 바다는
변함없이 내 안에서 출렁인다

오적암에 앉아 조석간潮汐間의 파도를 보고 있으면
엄마 품같이 편안하던 시절
바다는 적당한 거리 안에서 눈이 부셨고
부서지는가 싶다가도
다시 일어나는 파도처럼
핏줄을 따라 걸러지지 않은 채
휘휘 도는 불순물을
해감하며 일어서는 내가 있었다
파도가 화석으로 박힌 갯바위에
석화로 달라붙어
갯것들의 이야기 들으며
소금 간이 밴 시어詩語들과
몸태질을 했었다

아직도 내 안엔 증도 바다가 있다
유년의 휴休가 숨 쉬고 있다

아버지의 투망

언제나
바람이 처마 밑에 걸린
그물의 벼리를 풀면
그물코마다 걸려있던 갯내음이
와르르 쏟아졌다

아버지는
바구니에 투망을 담아 어깨에 걸고
중도 바다를 담으러 나가셨다
우리 가족의 밥상은
가마우지 같은 투망이
갓 잡아 올린 수산물로 풍성했다

한 집안
가장으로 산다는 것은
산 같은 무게가 양어깨를 누르는 것
아버지는 투망을 던질 때마다
한 짐씩 내려놓는 기분이었을지도 모른다

어느새
마르다 삭아버린 투망에는
팔딱거리는 물고기 대신 아버지의 견비통과
손금 없는 손바닥이 잡혀있다
투망을 치는 자식이 없어도
서운해하지 않을 마음도

아버지의 만선 깃발

아버지는 늘
아리랑고개를 지나 집으로 오신다
버스도 뒷발질해 올라오는 깔끄막
대반상회 소주를 친구 삼아
언제나 숨찬 쉿소리로 노래를 불렀고
소주병도 서로 부딪치며 장단을 맞춰주는
황톳빛 노을이 등을 떠밀던 풍경
슬플 것 같으면서도 하나도 슬프지 않았다

당산나무 한 그루 없는 마을 입구엔
대나무를 쪼개 만든 평상이 놓여있고
생전 짖을 줄 모르는 백구
늘어지게 기지개 켜며 아버지를 맞으면
잔 소주에 취해있던 목침들도
하나둘 일어나 잔기침으로 알은척을 했다

아버지와 함께 숨차게 걸어온 소주는
만만한 놈 몇을 안주 삼아 비워지고
막잔의 건배사는 항상 만선을 위하여
그렇게 아버지의 밤은 깊어가고
꿈은 난바다에서 출렁거렸다

이제는 걸어도 숨차지 않는 아리랑고개
가끔은 소주병 대신 기억을 안고 올라와
평상 놓였던 자리에서 지는 해를 배웅하며
뽕짝 메들리와 함께 만선의 깃발을 흔드는
소금꽃 핀 아버지를 본다

아버지의 뜨개질

시골집 다락에서
어둠과 함께 세월을 지우고 있던 대바늘
아버지의 손가락이 일제히 일어선다

워매 남자가 뭔 청승이단가
엄니의 타박도 친구들의 웃음도
소귀에 경 읽기로
코에 코를 걸어가며
대바늘 두 개로 큰딸을 뜨개질했다

고된 농사로 투박해진 손끝
태산보다 무거운 정으로 한 코
제비처럼 빠른 손놀림으로 한 코
고추바람도 막을 기세로 한 코

털실이 무거워 한 짐이나 되는 스웨터는
내 투정에 천덕꾸러기로 변하고
장롱 속에서 몇 밤을 새우기 일쑤지만
아버지는 또 코를 만들었다

대바늘에 묻어 반질거리는 손때는
내색 못 한 서운함이었을까
애년艾年이 넘은 지금
한 코 한 코 내가 아버지를 뜨고 있다

노둣길 사랑

나는 가리
노둣길 따라 그곳으로 가리
찾아간 내 사랑이
눈에 보이지 않더라도
향기만 있어도 좋아서
콧노래 절로 부르리

나는 가리
노둣길 따라 그곳으로 가리
사리의 빠른 물살에
갈 길이 보이지 않더라도
갯가에서 기다림도 좋아
잇몸을 드러내며 웃어보리

화도* 노둣길
닫고 여는 물때 따라
사랑도 열리고 닫히지만 않는다면
해당화로 화석 되어 종일 피어있으리

*신안 증도에 있는 작은 부속 섬의 이름.

삐비가 자라는 계절

은백색 비단에 싸인 벼꽃 이삭이
바람에 눕는 언덕에서
그리움 하나 실눈을 뜬다
소금밭 옆 둑길에 앉아
삐비 이삭을 뽑아 씹던 추억이

삐비가 자라는 계절은
배고픔을 견뎌야 하는 계절이다
농번기로 바쁜 어른들 틈에서 아이들은
지천에 널린 삐비 이삭을 씹으며
배고픔을 뱉어냈다
배고파 울다 잠든 우리의
눈물 자국을 닦아주는 건
어머니의 눈물이었다

지금쯤 내 고향 시루섬은
삐비꽃 축제가 한창이겠다

은주와 석류꽃

꺼억 소리에 뒤를 돌아보았다
석류꽃이 고개를 이기지 못한 채
땅에 머리를 처박고 있었다

석류꽃을 좋아하던 은주를
중환자실에서 그렇게 보내고
집으로 돌아와 멍해진 시신경에서
슬프다는 생각보다 눈물이 먼저 나왔다

여덟 겹 석류꽃에
웃음 많던 은주를 내려놓은 후
불면의 밤에 많은 말을 걸어두었다
가끔씩 생각이 나면
석류나무 가지를 물에 담가
새 뿌리를 기다려봤지만
잎들이 먼저 시들어 떨어졌다
방사선 치료를 받은 은주의 머리카락처럼

달도 없는 밤에 부엉이가 울 때마다
불면의 밤이 슬픔을 토해낸 자리에
석류꽃이 피었다

받는 이 없는 편지를 쓴다

너에게 편지를 쓴다
남매라는 이름으로 인연이 된 너에게
주소가 없다는 것을 알면서도
나를 위해 편지를 쓴다

거리 가득 내려앉은 햇빛과
매미 소리 또렷한 6월 오후
청량한 여름 풍경화 같은
너를 생각하며 편지를 쓴다

한 줄기 먹빛 바람 속
소낙비 세차게 내리던 날
징검다리를 건너던 추억 위로
함박웃음을 짓던 너를 그리며 편지를 쓴다

들기 싫은 매미 소리가 들리는 날이면
어김없이 생각나는 너
보내는 이는 있어도
받는 이 없는 편지를 쓴다

쟁기질 연습

내 고향 솔무등 백사장은
초보 송아지들의 쟁기질 연습장이다
아재는 송아지를 순이라고 불렀다
아프리카에서 할례를 하듯
멍에를 이고 코뚜레를 한 채
순이는 성인식을 치렀다

아재는 이랴 자랴 워 하며
순이와 한 몸이 되어
순종의 길을 열어주고
순이는 그 길을 따라가며
전생의 업을 갈아엎었다

힘들겠다 싶을 만하면
머리를 좌우로 흔들며
먼 하늘을 향해 긴 울음을 보냈다
왕방울만 한 눈에서 소리 없이 나온 눈물로
눈 밑 털은 항상 축축이 젖어있었다

이제는 순이도 아재도
백사장도 없는 솔무등길에
지천명의 삶을 쟁기질한 내가 와있다
수많은 쟁기질로 갈아엎은 흔적들
깊숙이 묻어둔 가슴밭을
햇볕과 바람으로 써레질하고 있다

고향집 추억

할아버지 기일이 이레 정도 남으면
할머니는 언제나 그랬듯이
장대 끝 소쿠리에 생선을 말리신다

우리 집을 무시로 드나드는 야옹이가
저녁 어스름처럼 살금살금 기어 와
창고 시멘트 난간에 엎드려 주위를 살핀다
제수를 준비하시는 할머니가
저리 가라 호통을 쳐도
꼬리에 각을 세우고 비린내를 즐기는 녀석

장대 끝 생선을 내리는 날이면
할머니 손길보다 빠른 야옹이
생선 한 마리 물고 담장 위를 달리고
할머닌 소쿠리에 남은 생선을 담으시며
저놈이 먼저 음복을 하네 하고 웃고 만다

이젠 고향에서 제사를 지낼 이 없으니
말린 생선도 야옹이도 없다
고향이 점점 희미해진다

웃는 신발

몇 겹의 포장지 속에서 나온 것은
친구가 첫 주인이 되었던
유명 제화 새 신발 한 켤레

아버지 자리가 빈 채로
형제자매가 많았던 친구는
가끔 언니의 신발을 신고
동네며 학교를 오갔다

갯가에 가신 어머니께서
밤늦도록 오지 않는 날이면
담장 밑에 앉아 무섬증을 누를 때도
친구는 언니 신발을 신고 있었다

새 신발이라 볼이 꽉 끼지만
내 발 치수를 기억하는 건
가난한 시절 나눴던 우정일 거다
동요 가사처럼 팔짝 뛰어본다
머리가 하늘까지 닿는다

다시 시계를 차며

손가락을 베어서 아버지 서랍을 열었다
찾으려는 밴드는 보이지 않고
보호유리에 금이 간 시계 하나
서랍 구석에 무릎 꿇고 멈춰 서 있다

혹시나 싶어 태엽을 감아주었더니
초침과 분침과 시침이
중심을 잡고 바르르 원을 그린다
갓난아이가 숨 쉬듯이
째깍째깍 고르게 돌아간다

진학을 위해 육지로 가던 그날
아버지가 내게 사준 시계였다
물가에 둔 딸자식이라 일찍일찍 다니라는
무언의 압박이 싫었을까
잃어버린 줄도 모르고 살았다

아버지를 뵙지 못하는 동안
시계는 아버지 옆에서
나를 대신이라도 하였을까
베인 손가락보다
멈춰 선 시간에 눈물샘이 아프다

2부

그리움 하나 같이 날았다

오리 날다

여우비에 흠뻑 젖어
업혀 가는 노을
갈대숲에선 오리 가족이
개펄도 파고
발자국도 남기며
제 몸 주위로 깃털을 털어
물 나이테도 만든다

날기 전 활주로를 달구는 비행기처럼
물속에서 쉬지 않고 움직이는 두 발
노을이 막 넘어간 하늘
남기고 간 감빛 여운

목젖에 걸려 부르지 못했던
그리움 하나 같이 날았다

출가하는 날

동자승 출가하는 날 비 온다

눈물방울 툭 떨어져 흙먼지 날린다

흔들리는 산사의 저녁 종소리

꽃대 끝 홍련이 흐느껴

오므렸던 꽃잎이 열리고

마음속 바람 재우라고 바람이 뜬다

꽃등도 흔들리며 운다

흑산도 새

멀리서 바라본 숲과 바다가
푸르다 못해 검어서 흑산도여

터 잡고 사는 이들 올 듯 말 듯 뭍 소식에
타버린 애간장이 검어서 흑산도여

떨궈놓고 온 사람 배 뜨기도 전에 보고파
입술 깨물어 흐른 피가 거먕빛이라 흑산도여

진말쉼터 나무에 앉아 가는 이 뒤를 좇는
흑산도 새 된 사람
예리 예리 하고 운다

꿈길

자리를 박차고 일어나
말을 타고 달렸다

시작과 끝은 사막이었고
중심점에 내린 나는
맨발로 서있다

품 안에 주렁주렁 열매가 달린
화분 하나 안고
물 빠짐 구멍 밖에까지 나온 뿌리는
끝도 없이 자라고

맨손으로 모래땅을 파다가
마른번개를 맞고
잠이 깬 나

놓지 못한 것들이 빠져나간 듯
머릿속이 개운했다

달의 실직

사내가 리어카를 끌고 어둠 속으로 간다
공병과 접힌 박스 찌그러진 깡통이
리어카 안에서 꿈을 키우고 있다

보도블록이 주저앉은 골목에 들자
잠이 깬 고물들이 바닥으로 떨어지며
구시렁구시렁 불만을 쏟아낸다
남자가 끌고 가던 리어카를 세우고
등을 둥그렇게 말고 앉아
휘청거리는 마음을 다독인다

40대 실직의 가장
눌러쓴 모자챙을 더 깊이 당기며
제 그림자를 딛고 일어서
다시 어둠 속으로 리어카를 끌고 들어간다
숨어 엿보던 달도 실직인가
사윌 듯 말 듯 한 빛으로
소리 없이 뒤를 따른다

가마우지의 수렵일기

어부는 오늘도 가마우지를 낚시 삼아
샛강에서 물고기를 잡는다
그물을 던져
아주 어린 잔챙이부터
제법 머리가 컸다고 나부대는 녀석들까지
일망타진은 고기잡이가 아니라고 생각했다

물살에 깜박이는 눈꺼풀에 힘을 주며
물속을 훑는 재미와
딱 이것이다 하는 녀석을 찾아내는 느낌을
가마우지와 함께 누리고 있는 거다
배고픔과 바꾸고 싶지 않았다

처마 밑에서 흔들리고 있는 그물은
한 올 한 올 바람에 삭아버린 끈을 풀며
복식호흡으로 버둥대던 물고기들에게
고해성사를 하고 있다

가마우지의 도움으로 어부가 물고기를 낚든
어부의 도움으로 가마우지가 물고기를 낚든
둘에겐 답이 없는 질문일 뿐
해왔던 일이고
해야 할 일처럼
오늘도 나란히 손을 잡고 물속을 털러 간다

소금 선물

소금을 선물받았다
의미 있는 웃음에 감사 인사를 했다
요리하는 것을 좋아하고
세상의 소금이 되고 싶어 하는
속내를 들켰나 보다
하얀 결정의 눈부심이
혀의 미각을 건드리는 순간
짜다기보다는 썼다

간수를 빼내는 고통의 시간 후
소금은 단맛이 된다
누군가 나를 맛본다면 무슨 맛일까
궁금증에 이끌려 거울 앞에 섰다
머리부터 발끝까지
내 몸 안에 기생하고 있는 탐진치 貪瞋癡
소태맛이란다

누구나 내게서 단맛을 느낄 그때까지
소금 선물 먹으며
쓰디쓴 몸을 말려야겠다

첫인사
― 시어머니의 이장移葬

시어머니를 처음 뵈었다
붉은 흙 속 깊이 누워계시던 어머니
나를 향해 백골로 서셨다
시댁 어른들과 일가친척이
차례차례 봉안당으로 이사하시는 동안
이슬비는 종일 내렸고 우리는
그 비에 촉촉이 젖어 흐느적거렸다

언젠가 뵈었던 흑백사진 속 젊은 어머니는
어린 나이에 두고 온
막둥이 아들과 며느리를 기다렸다는 듯
붉은 황토 속에 백골이 되어서도
군불 같은 온기로 나를 맞아주신 것이다

집으로 돌아와
백골이 되면서도 지켜왔을
어머니의 사랑과 온정을
가슴 깊이 심고 다졌다
그날 온밤을 새워
굵은 빗방울은 창가에 기대어 내리다
내 마음속으로 흘러왔다

신의 눈물

새벽 2시 35분 모두가 잠든 시간
턱 밑으로 흐르는 눈물을
훔치고 있으십니까
당신도 뉴스의 내용을 들으신 거죠

한낮 도시에 들어선 알몸의 여자
20대의 어린 여자를 두고 터지는
본능에 충실한 카메라와 플래시

신이 인간을 버렸다는 사건
늑대의 가면을 쓴 인간이 벌인 일입니다
풍성히 자란 소문의 숲
사건의 종결은 우울증

말 많은 세상은
오수午睡의 꿈처럼 잊혀가고
불을 켠 가로등 하나
밤새 흘리는 당신의 눈물을 보네요

살아있음이란

생명을 가진 모든 것들의 중심엔
핵처럼 뜨거운
존재의 이유가 있다

나무가 새싹을 내고 꽃을 피우고
뿌리를 든든히 세우는 것도
아직은 살아있음을 말하는 것

나비가 알에서 애벌레로
번데기에서 날개를 내어 날아오르는 것도
살아도 아주 잘 살고 있다고 말하는 것

사람에게 살아있음의 신호는
사랑의 불을 켜는 것
생명의 등불을 켜는 것이다

배려와 착각

그 겨울에 본 것은
생존의 법칙 속에 자리 잡은
눈嫩 속의 새끼 염소다
백 년 만의 한파로
어미젖을 찾지 못해 떨고 있어
안방으로 안고 들어갔다

펄펄 끓는 방바닥
메주콩 찌는 냄새 속에
배를 불리고 몸을 녹인 염소와 나
스르르 잠이 들었다

강추위에 무릎을 못 펴던 염소가
울타리를 넘어 초원을 달린다
멀리 뛰는 염소를 향해
손을 허우적거리다 잠이 깼다

고저가 다른 두 개의 울음소리가 요란하다
먼저 깨어 서성이며 울고 있는 새끼 염소
문을 열어주니 쏜살같이 내달려
제 어미와 나란히 눈길을 걷는다

둥글게 산다는 것

곡선을 찾는 것은 어렵지 않다
고개를 드는 칡넝쿨의 새순에도
먹이를 찾는 꿀벌들의 날갯짓에도
반드시 곡선이 있다

곡선의 삶이란 둥글게 산다는 것
그렇게 살다가 때로는
릴에 감긴 낚싯줄의 풀림처럼 직선이 될 때
초릿대 그 끝은 치열하다

바람의 간을 보며
외줄타기를 좋아하는 여자
긴 장대로 수평을 맞추며 걸어간다
곡선의 길을

단상斷想

소파에 누워 가죽 냄새를 맡고 있습니다
가죽을 입고 살았을 생명체를 생각해 봅니다
먼 하늘 아래 바람에 기대어 별을 헤는
양의 울음소리가 들리는 듯합니다
밤마다 별을 헤던 그들이
오늘 밤엔 별이 되면 좋겠습니다

가죽을 남기고 간 여러 동물들
가공된 가죽 제품으로 다시 태어난 영혼들
또 다른 여정을 얻었지만
걸어가야 할 길이 고단해 보입니다
무얼 남긴다는 것이 좋은 일만은 아닌 것 같습니다

깔깔한 털을 세우며 살았을 인생이
털을 깎아내고 기름도 떼어내니
본래의 모습보다 흉합니다
소파에서 쪽잠을 자는 꿈속에
내가 남길 가죽은 보이지 않았습니다

양상군자 방문기

소나기가 내리는 밤
늦은 시간에 손님이 왔다
부엌에서 접신이라도 하려는지
우당탕탕 양동이와 바가지를 울렸다

손님의 난타는 형편없었지만
나의 심장은 귀를 열고
열심히 듣고 있었다
부엌의 연주가 끝났다 생각될 때
용기를 내 전기 스위치를 껐다 켰다 해본다
마지막 클라이맥스가 남았던가
요란한 심벌즈 소리와 함께
커튼콜도 없이 퇴장하셨다

무대의 뒷정리를 위한 아침
물탱크를 만들려고 파둔
부엌 앞 웅덩이 주위에
소나기 속에서 무언극을 했을 흔적들이
얼마나 대단한 공연이었는지 짐작게 했다

어머니 안 계시는 비 오는 날 친정 나들이
그날의 공연 자국 남아있나 찾아보니
처마 끝 낙숫물이 언제 적 얘기냐고
주르륵 주르르륵 웃는다

짧은 이야기

무더위에 지친 몸을 끌며 길을 걷는데
방아깨비 한 마리가
바짓가랑이를 잡고 놓아주지 않는다
찬찬히 바라보니
큰 발 하나가 보이지 않는 것이
잃어버린 발을 찾아 헤매다가
지친 외발로 나를 붙잡았나 보다
떨어지지 않으려 발버둥을 쳐서
시간을 보시布施하는 셈 치고 한참을 같이하다
살그머니 손안에 모아 쥐고
풀베기 끝난 논둑으로 보냈는데
지체장애 중증 방아깨비
휠체어도 달라고 나를 쳐다본다

3부

손맛이 춤추는 그곳

가을 만경다설 萬景茶說

빨주노초파남보
무지갯빛 가을
떡차 한 모금 찾아간 백련사
만경다설 창가
배롱나무 그늘에 앉아
통유리에 양각된 동백나무 숲을 보니
진초록 잎잎에서 새물내가 납니다

더넘바람에 흔들리는 배롱나무 가지
배롱꽃잎 화선지 삼아
구진포를 옮기고
햇살 담은 담벼락 황톳빛이 눈부셔
손갓으로 가린 채 발길 돌리려는데

차 한잔 하고 가게
살살이꽃이 손 내밉니다

서산동에 눈 오는 날

서산동에 눈이 온다
꽃숭어리 같은 함박눈이
녹슬어 붉은 함석지붕과
슬래브 집 옥상 보일러 기름통을 지나
가파른 고갯길 따라 사운사운 내린다

목포역 기적 소리 산모퉁이 돌아와
서울 가자 부추기다 폭설에 묻히고
먹물을 흩뿌린 듯 점점이 나는 까마귀들
진경산수화 한 폭이 바람을 안는다

연희네 구멍가게 닫힌 문 안에서
새어 나오는 불빛이 더 곤한 하루
요철이 사라진 계단 위에
깊이 파인 발자국이 서럽다

보리마당 가즈아

그냥 그립고 허전한 날엔
바람도 쉬어 간다는 보리마당 파란 지붕
할매집 가자
목포 앞바다 건져 올릴 달빛도 없고
들고 나는 배 한 척 안 보인다 하여도
추억과 사랑이 그릇마다 쌓인 곳

두부에 막걸리 한 사발
건정*에 소주 한 잔
빨랫줄에 걸린 생선 살에
밑간처럼 밴 세상살이
주고받는 술잔 속에 녹아들고
나주볕이 블록 담장을 넘볼 때면
유달산 재넘잇길 타고 오는 바람이 먼저 취한다

오늘은 꼭 그곳에 가즈아
보리마당 할매 손맛이 춤추는 그곳에

* '말린 생선'을 일컫는 전라도 사투리.

서산동 계단과 바다

아버지는 바다에 가실 때면
몸의 절반을 계단 위에 놓고 가셨다

가난에 찌들수록 계단은
산등성이를 향해 제 몸을 키워가고
아버지는 하늘을 향해 직립으로 서
낚시질하듯 바다에 긴 그림자를 던졌다
도시의 불빛을 발아래 짓뭉갠 채
독재자의 웃음을 흘렸다
곁에 망부석처럼 어머니를 앉혀두고

마지막 만선의 깃발을 펄럭인 후
어장 일을 놓으신 아버지는
계단 위 남긴 그림자를 가슴에 묻었고
그 자리는 어머니 것이 되었다

짜다 못해 썼던 사랑일망정 그리우면
어머니는 닻을 뽑아내듯 계단을 잡아당겨
아버지를 끌어내고
그때마다 바다가 몸태질로 거품을 물었다

묵은지와 막걸리
땀에 젖은 일당과 피멍 든 손톱
허리를 펼 때마다 제자리를 못 찾는 등뼈
소금에 간이 든 눈동자가
어머니의 닻줄을 풀었다

밑돌 빠진 계단은 다시 바다로 가고
대물림의 가난만이 있었다

승강장에서

승강장 유리 벽
광고지를 붙였던 자리
초록 테이프 뜯어낸 흔적이
눈에 까끌거린다

한때 풍성한 성공을 장담하며
사연 붙들고 있던 테이프
찌끼만 남겨놓고 행방이 묘연하다

몇 날이고 마음 한구석
잃어버린 추억을 뒤적이며
깨끗이 지워버린 정돈된 벽

이른 아침 승강장
'당신의 관심이
우리의 삶을 풍요롭게 합니다'
새 전단지 붙어있다

진말쉼터 연리지

흑산도 진말쉼터
긴 의자 하나 바다를 읽고 있다
보내고 맞는 익숙한 몸짓
천형天刑으로 굳은 채

그 곁에 느티나무 두 그루
지척에 두고 못 만난 세월
사랑한단 소원 기도 빌고 빌더니
두 가슴이 하나 됐다

보내고 기다리느니 붙어 함께 살자며
육지 나들이 이젠 잊자고
빗장 열어 자리한다

폭풍우 속 목포항 대합실에서

막배가 오지 않은 날에
파도가 편자 박는 조랑말처럼
마구 날뛰고 있었다
바다를 향한 창밖을 보며
서성이던 눈빛이 하나둘 쓰러진다

항구에 매인 배들과 바람의 실랑이 속에
충돌 방지 타이어 튜브만 온몸이 멍이다
암막처럼 드리워진 먹빛 구름이
바다를 가리고 있다

삶을 위한 일터이기에
섬과 육지로 갈라서 있지만
온다는 소식이 잘려 나가는 시간은
발 저림이 올 때처럼 온몸을 꼰다

눈물 대신 환청으로 쏟아지는
'막배로 가겠소'
나도 모르게 포개지는 두 손 안에
다시 채워 넣는 기다림
누군가의 이름을 부르고 싶었다
막배가 오지 않은 날에

성자동 비둘기

성자동 비둘기들은
피난 보따리 속에 기도 하나 넣고 왔다
웅크려야 몸이 눕는 철탑 속에서 자면서도
더 높이 날아오르는 단꿈을 꾼다
연습처럼 쉼 없이 하늘을 날다가
상승기류 타고 올라 내려오지 않는 꿈을

해 질 녘 입암산 둘레길 들썩이면
구구거리며 걷다 날다 따라 하고
가끔은 가물거리는 얼굴을 익히듯
눈 맞춤도 해가며
하루도 빼지 않고 부리를 갈아 먹이를 찾는다

낯선 땅에 내린 뿌리
믿을 것은 근육으로 단련된 날갯짓
땀내로 절어버린 모공에서
쉴 새 없이 쏟아내는 통성기도
난다 날고 있다
성자동 비둘기가 입암산 너머로

시내버스를 기다리며

나는 날마다 시내버스라 불리는
느릿한 황소를 타고 출퇴근한다
모두들 미끈한 자가용을 타고 사라진 뒤에도
정류장에 우두커니 선 채
황소를 기다려야 한다

주머니 깊숙이 손을 넣고
몸을 떠는 겨울밤이면
내 몸은 빙점 이하로 떨어지고
그런 날은 황소도 얼어붙었는지
발걸음이 더디다

시가지의 붉은 간판들도
빛을 감추고 곤히 잠든 밤
대문 앞까지 온 나도
황소처럼 푸푸 앓는 소리를 낸다

꽃무릇사거리

기차가 하루 한 번 오가는 간이역
한 호흡으로 넘어가야 하는 구간
꽃무릇사거리 가는 길

표지판을 놓쳤을까
늙은 기관사는 큰기침 한 번 하고
찔끔 조개 오줌을 쌌다
급정지! 선로에 이는 불꽃

이루어질 수 없는 사랑
남기고 떠나는
꽃무릇사거리

한전 앞 승강장

비 그친 후
봄날 실버들 솜털 날리듯
청개구리 울음소리 사방으로 퍼진다
새 한 마리 꿈결에 발을 헛디뎠나
날개를 휘청하며 푸드덕 깃털 하나 남긴다

나는 생뚱맞게 한전 앞 승강장에 앉아
발걸음을 멈추고 생각에 잠긴다
마음이 허기진 봄날에
고속 충전을 하고 싶은 걸까

뒷산 장례식장에선
하늘로 가는 혼불 하나
새벽닭 울기 전 날아오르고
밤을 새워 컹컹거리던 황구도
이젠 잠이 깊다

무언가로 충전이 됐다는 건
뜨거운 피돌기로 움직일 수 있다는 것
한전 앞 승강장에
충전된 아침이 있다

철거를 앞둔 돌계단에서

목포시 이로로9번길
옛 농촌지도소 자리
벽에 걸려있는 고화古畵처럼
낡은 돌계단만 남아있다

좀 더 빨리 가고 싶은 사람들의 지름길
만남의 장소요 약속의 장소로
수많은 발자국과 마음 콩닥거리게 한 언어들이
역사의 흔적처럼 남아있는 곳

돌도 밟힐 대로 밟히면
구멍도 뚫리고 멍 자국도 생기는 법
점점이 박힌 잡티와 검버섯 자국들
누군가는 버릴 수 없는 얼룩의 기록들이
내일이면 먼지로 사라진단다

허리 숙여 돌계단을 오르며
하나하나 쓰다듬어 본다
차디찬 촉감 속으로 스며드는 시간들
다시 내려가야 하는데

바위 삼매三昧에 들고

비녀산에는
제 살을 덩어리로 잘라내는
바위가 있네

제 살을 잘라내어 남 주는 것도 아니고
자른 대로 놔두기만 하고 있어
이유만 물으면 삼매에 드네

하나의 몸으로 여러 개의 길을 가려다
생각이 엉킨 때문일까
산새들만 너나들이하면서
나뭇잎 하나 놓고 가네

일등바위 소나무

드센 기를 누르듯 외발로 버텨 서서
고하도 율도 먼눈으로
열구름처럼 지켜보는
유달산 일등바위 홀로 청청 소나무
갯바람에 사운거리며 서있다

앞집에서 솔잎들 내며 지며 읽은 세월
갈퀴손 같은 뿌리는 바위와 한 몸 되고
외롭고 설운 세월 껍질 속에 쌓아둘 때
하늘과 바람과 햇볕 있어 외롭지 않았다

천사의 섬 오고 가는 배를 보며
뱃고동 소리에 설레기도 했었지
아침 햇살에 눈 비비며 털어내는 꿈 알레고리
앞으로도 서있기 천 년이다
혼자인 듯 아닌 듯이

천년바위 이야기

유달산 둘레길을 걸으며
안돌이 지돌이 할 때마다
살아서 못 한 얘기 죽어서 들려주는
바위들이 있다

수탈의 역사 속에
산도 능욕을 당했다고
옷 벗기듯 베어낸 나무로
알몸이 부끄러워 하늘을 못 봤다고

홍법대사와 부동명왕이
살과 뼈에 죄인으로 각인될 때
신음 없이 참느라
부서지는 돌가루를 씹었다고

천 년의 세월에 숨은 멎었지만
검버섯 같은 바위옷에
혈서처럼 새겨놓은 애환
행간을 짚어가며 읽어주고 있다

4부

돌아누운 사랑처럼

사랑을 각刻 뜨다

가슴에 새겨 부르던 이름 하나
그 이름 끝 어디쯤에
여민 옷고름처럼 틀고 앉은 사랑
각을 뜬다

잘 벼린 칼끝으로 파낸 속내를
손금 뻗어가는 길목마다 심어두고
가면 오지 못할 길 가야 할 때
양각 음각 가릴 것 없이
다시 파 함께 가고 싶다

비를 맞으며

겨울비 내리는 들녘에서
나무들이 호흡을
멈추고 서있다

멈춰 선 채 젖어가는 나도
두꺼비처럼 피부로 숨을 쉬며
눈만 껌뻑이고 있다

바람이
돌아누운 사랑처럼
차가운 날

때론 개망초처럼

어울려 피어야 들꽃이지
그 속에서 더 실하게 피어야지
망초보다 더 나쁜 꽃 개망초
샘물을 퍼 올리는 마중물처럼
한 줄기에 한 송이씩
시샘도 없어 키도 나란히

달 뜨는 언덕에선 달빛 먹고
햇살 뜨거운 날엔 매미 울음 먹고
나라 망하게 했단 누명 속에
들녘을 떠도는 나그네 인생
아무 일 없다는 듯 피고 지고
강물처럼 흘러가는 개망초 인생

아띠*

비 오는 날 우산을 쓰고
바람 속 뒤로 걷기를 한다
속내 뒤엉킨 이유를 찾아서

신발 속으로 들어온 빗물이
발屁금을 거스를 때마다
마스크를 쓴 것처럼 숨 쉬기가 힘들다

눅눅해진 마음 말리고 펴줄
친구를 찾아
우산 밖으로 얼굴을 내미니
이름 하나
젖은 입술을 열고 들어와
맘을 간질인다

책갈피 속 꽃잎처럼
펴면 보이는 아띠
화로 속 불시울이다
찾으려 할수록 더 못 찾는 이유
안 풀린 매듭 잘라버리듯 버리고
곁불 쬐러 가야겠다

* '좋은 친구'라는 뜻의 순우리말.

목련에게

소소리바람 부는 봄날
꽃눈 보일락 말락 내민 채
새초롬한 목련에게

봄의 전령사라더니
바람통 심하단 핑계로
여직 주무시고 계십니까?

시절을 좇아 꽃눈 내는 일
잊은 적 없겠지만
기다리는 이 조급해집니다

4월에 내린 싸락눈에
꽃샘까지 더해지니
하늘이 속상해 토라지셨습니까?

나무초리마다 꽃눈 펑펑

터질 날 올 것이니

가는 봄 손 잡고

함께 걸어가세요

사랑초 꽃 피우듯

잎도 꽃도 눈이 부시다
피었다가 밤이면 마르는 꽃잎
날개를 폈다 밤이면 접을 줄 아는 잎
자줏빛 나비들의 꿈

365일 피는 꽃이 있다면
그 사랑의 온도 잴 수 없을 거야
단비 같은 보살핌으로
뿌리 끝부터 불 밝히는 사랑초같이
꽃으로 피울 거야

세월을 녹여 먹어본 사람들은
기다림의 끝에 무엇이 있는지 안다
그대 내 사랑
포기 없이 한 번 더 믿어봐
사랑초 꽃 피우듯

벗나무

개천 옆 한 사람
몸통을 돌리고 뒤를 돌아보며
광주리 송이꽃 이고 서있다
뿌리부터 배배 꼬여 깊은 골 진 몸
그렁그렁 꽃송이 앉음앉음에
바람꽃 필까 봐
가슴 언저리 시리다

사랑의 인연
하늘과 땅으로 통하는 문이 있어
아픔도 운명이라 새살로 채우고
다독여야 살아갈 수 있다

떠나간 사람은 떠나간 대로 두고
돌아와 곁에 앉으리라는 기대감 내려놓고
이제 다시 올 봄을 위해
꽃잎 내려놓고 혼자서 가라

바람 부는 날 오후

바람이 불었다
아이는 삼천재三遷齋 글쓰기 공부 보내고
차창에 기대어 커피 한 잔과 시집 한 권으로
시간을 잡고 있었다

7월의 햇살은 아버지 수염처럼 따가운데
아무도 보이지 않는 대학 캠퍼스 버드나무에
졸던 바람이 앉으려 시선을 모은다

나무의 늘어진 오후를 세우는 바람
바람과 나무의 은밀한 순간을 들켰다는 듯이
나무는 검은 줄기와 잎사귀를 보내
나를 끌어낸다

잔디밭 벤치 아래서
토끼풀 한 무리가 재잘거린다
행운 찾아 또 누가 오셨나
동그랗게 뜬 두 눈에
세 갈래 잎만 넣어주며
방귀 웃음 웃는다

행운과 행복의 오늘
나는 무엇을 위하여 사는가
바람 부는 날 오후

풀의 꿈

새벽부터 밤늦도록
제 길을 걸어오는 풀은 살아있다

바람의 갈퀴에도 포기하지 않고
잘려 나간 잎마다 눈물 대신
선구자적 피가 고여있다
이 땅에서 잡초라는 이름으로
뽑히고 잘려 나가도
한 평 땅에 발붙일 수 있다면
뿌리를 내렸다
이슬로 적신 목젖을 떨며
나도 풀이다 외치면서
뙤약볕에 숙인 고개 북돋워 세웠다

새도 하늘의 별도
풀의 꿈이었다

들꽃처럼

벤치 밑 보라색 미소
냉이꽃을 보았다

한 줌 흙에 뿌리 내리느라
성장통을 앓았단다

너나 나나 다를 게 없는
세상 살아가는 법

내가 네게서 배운다
그늘 속에서 웃는 법을

그 겨울의 추억

발톱을 세우던 남자는
대나무 숲으로 서걱서걱 숨어들고
발톱에 할퀴인 여자는
바람을 갈비뼈 사이로 가르며 걷는다

그날 밤 온 눈은
내린 데 내리고 또 내려
세상을 온통 하얗게 덮었다
운동장 한쪽 히말라야시다까지
걸어가는 발자국 이래로
사각사각 소리를 내며
잊고 싶은 기억들이 뭉쳐지고 있다
세상에서 가장 가볍게 내릴 것 같은 눈송이가
발아래 뭉치니 한 짐이 된다

여자가 망각의 트랙을 따라
가만히 발을 턴다
한 짐이던 잔상들이 떨어져 나간 곳에
다시 하얀 눈이 쌓인다

풍경

해 질 무렵
차에서 내린 노인이
손사랠 치며 요양원 언덕을 오르고 있다

굽 낮은 신발이 먼지를 가를 때마다
지팡이 끝에선
낡은 풍경 소리가 떨리고 있다

평생을 의지했던 낡은 휴식처
안식을 안겨주던 저녁 햇살에
붉은 눈물을 쏟아내고 있다

부지런히 발을 옮겨도
힘겹던 언덕길
인생살이만큼이나 좁고 먼 길 위에
맺힌 땀방울을 훔치며
털썩 주저앉는다

고철 같은 몸뚱일 내려놓으며
어둠 속에 긴 그림잘 감추고
올라온 길을 다시 내려다보고 섰다

혼자 기차를 타고

바람 불어 생각이 깊어지는 날엔 기차를 탄다
여행의 시작은 남쪽 끝
윗녘 사람들에겐 끝이나 나에겐 시작인 곳
용산행 기차를 타고 내달리다 보면
일상에서 축축이 젖은
검은 잎들이 떨어져 나간다

남자에게만 동굴이 필요한 것은 아니다
철길을 달리는 기차는 나만의 동굴
햇살이 들녘 가득 빗줄기로 내려
젖은 잎들을 떨어뜨린다

산을 열고 터널 안으로 들어갈 때마다
선명하게 보이는 한 사람
놓쳤던 나를 만나는 시간이다
할 얘기도 하고 싶은 얘기도 없이
내가 기차를 태우고 달린다

그런 만남

둘이서 눈 마주치며
상앗빛 웃음으로 재잘거리던
오거리 그 카페
마음 급한 티켓과
칼라꽃 한 다발을 들고
그녀를 만나러 간다

창밖에 내리는 날비를 보며
갓 볶은 원두커피 한 잔에
윤슬처럼 반짝이다
통유리창 조명 아래
함께 실루엣으로 앉아
다저녁까지 말없이 있어도 좋을

양파 같은 여자

한 여자가 있다

꽃처럼 환하게 미소 짓다가도
금방 새빨갛게 얼굴을 붉히고
속 깊은 이야기를 하다가도
맘을 숨겨 당황하게 하는 여자

하루 종일 토끼처럼 뛰어다녀
붉은 눈이 안쓰러운 여자
할 말 다 하면서도 관심 없는 말엔
콧방귀도 안 뀌는 여자

물때 따라 들며 나며
개펄이 되었다 파도가 되었다
고향 오적암에 앉아
지는 해 바라보며 우는 여자

벗겨도 벗겨도 나오지 않을 비밀
한 자루 정도 있을 것 같은
양파 같은 그 여자
내 안에 있다

정체성을 찾아가는 길 위에 서서

김우식 문학박사·시인

제임스 러브록James Ephraim Lovelock은 유기체와 무기체의 생명현상에서 무기체에도 생명현상이 있다고 보았다. 돌멩이 하나도 죽어있는 것이 아니라 그것이 생성되기까지의 기억의 흔적을 담고 있으며, 그때의 바람 소리, 물소리, 생명의 리듬을 고스란히 담고 있다고 한다.

시작詩作이란 개인의 고통과 가슴속의 생채기들을 압축의 언어로 표현하는 작업이다. 시를 쓸 때 사물의 외형만을 보는 것이 아니라 그 사물을 통해 다른 세계까지 볼 수 있는 단계로 나아가야 하는 것이다. 이정숙 시인의 첫 시집『소금꽃을 꺾다』에서 삶에 대한 자세는 따뜻하다. 만나는 모든 사람들과 물상들을 그냥 지나치는 법이 없다.

시인의 고향은 목포에서 북서쪽으로 51km 해상에 위치한, 북쪽에 사옥도와 임자도, 남쪽에 자은도와 암태도가 있는 신안 증도이다. 증도대교 건너 증도에 들어서면 맨 먼저 눈에 들어오는 것이 염전이다. 간척으로 만든 염전과 농지가 조화롭게 펼쳐져 있다. 수많은 관광지와 더불어 문준경전도사순교기념관은 증도 사람들에게 정신적 안정을 준다. 이런 환경에서 태어난 이정숙 시인의 작품들은 염분 섞인 물새의 울음을 닮아있다. 이정숙 시인의 첫 시집『소금꽃을 꺾다』에 실린 순수의 서정과 타고난 여유로움과 감성 어린 시어들을 따라 여행을 시작해 보자.

　1. 목포, 또 다른 파도를 기다리며

　　드센 기를 누르듯 외발로 버텨 서서
　　고하도 율도 먼눈으로
　　열구름처럼 지켜보는
　　유달산 일등바위 홀로 청청 소나무
　　갯바람에 사운거리며 서있다

　　잎집에서 솔잎들 내며 지며 읽은 세월
　　갈퀴손 같은 뿌리는 바위와 한 몸 되고
　　외롭고 설운 세월 껍질 속에 쌓아둘 때

하늘과 바람과 햇볕 있어 외롭지 않았다

천사의 섬 오고 가는 배를 보며
뱃고동 소리에 설레기도 했었지
아침 햇살에 눈 비비며 털어내는 꿈 알레고리
앞으로도 서있기 천 년이다
혼자인 듯 아닌 듯이
 ―「일등바위 소나무」전문

　고도는 높지 않으나 산세가 험하고 기암절벽이 첩첩하여 호
남의 개골산皆骨山이라는 별명을 가진 유달산 정상의 일등바위
틈에 소나무가 있다. "잎집에서 솔잎들 내며 지며 읽은 세월/
갈퀴손 같은 뿌리는 바위와 한 몸 되고/ 외롭고 설운 세월 껍질
속에 쌓아둘 때/ 하늘과 바람과 햇볕 있어 외롭지 않았다"라며
시인은 많은 의미를 부여하고 있다. 어찌 외롭지 않았겠는가.
비바람과 눈보라 속에서도 목포의 아픈 과거를 기억하며 많은
사람들에게 희망과 용기를 주지 않았는가.
　한 편의 시는 사람들의 운명을 바꿀 수 있는 힘이 있다. 시편
속에 공감할 수 있는 사랑의 메시지가 있기 때문이다. 삶은 항
상 경계점에서 고뇌하고 기뻐하며 의미를 찾아가는 여정이다.
섬들과 바다를 품은 예향의 도시 목포에 대한 이정숙 시인의
애정은 남다르다.「일등바위 소나무」「아버지의 만선 깃발」시

편에서는 자신이 살고 있는 목포에 대한 해국화 향기 같은 아름다움이 묻어난다. 시인은 따뜻한 시선으로 커피 향기 가득한 오거리를 넘나들고,(「그런 만남」) "뽕짝 메들리와 함께 만선의 깃발을 흔드는/ 소금꽃 핀 아버지"모습을 그려내고 있다.

아버지는 늘
아리랑고개를 지나 집으로 오신다
버스도 뒷발질해 올라오는 깔끄막
대반상회 소주를 친구 삼아
언제나 숨찬 쇳소리로 노래를 불렀고
소주병도 서로 부딪치며 장단을 맞춰주는
황톳빛 노을이 등을 떠밀던 풍경
슬플 것 같으면서도 하나도 슬프지 않았다

당산나무 한 그루 없는 마을 입구엔
대나무를 쪼개 만든 평상이 놓여있고
생전 짖을 줄 모르는 백구
늘어지게 기지개 켜며 아버지를 맞으면
잔 소주에 취해있던 목침들도
하나둘 일어나 잔기침으로 알은척을 했다

아버지와 함께 숨차게 걸어온 소주는

만만한 놈 몇을 안주 삼아 비워지고
막잔의 건배사는 항상 만선을 위하여
그렇게 아버지의 밤은 깊어가고
꿈은 난바다에서 출렁거렸다

이제는 걸어도 숨차지 않는 아리랑고개
가끔은 소주병 대신 기억을 안고 올라와
평상 놓였던 자리에서 지는 해를 배웅하며
뽕짝 메들리와 함께 만선의 깃발을 흔드는
소금꽃 핀 아버지를 본다
　　－「아버지의 만선 깃발」전문

　이정숙 시인의 가슴속엔 아버지의 존재가 커다란 물줄기를
이루며 흘러가고 있다. "아버지는 늘／ 아리랑고개를 지나 집으
로 오신다／ 버스도 뒷발질해 올라오는 깔끄막"을 오르며 가족
의 생계를 책임지셨던 아버지의 헌신을 기억하고 있는 것이다.
"아버지와 함께 숨차게 걸어온 소주는／ 만만한 놈 몇을 안주 삼
아 비워지고／ 막잔의 건배사는 항상 만선을 위하여／ 그렇게 아
버지의 밤은 깊어가고"라며 출항 때마다 만선의 꿈을 가지고
바다에 나가지만 집에 돌아오는 길목 선술집에 들러 소주로 하
루의 허기를 채우시는 아버지인 것이다.
　"서산동에 눈이 온다／ 꽃숭어리 같은 함박눈이／ 녹슬어 붉은

함석지붕과/ 슬래브 집 옥상 보일러 기름통을 지나/ 가파른 고
갯길 따라 사운사운 내린다"(「서산동에 눈 오는 날」)처럼 이정숙
시인은 유년의 기억을 상세하게 더듬어내고 있다. 시어에 나
타난 세계는 대체로 평온하지만 옥상 보일러 기름통은 서민들
의 애환을 대변하고 가파른 오르막길에 내리는 눈에는 어머니
의 그리움이 배어나고 있다. "웅크려야 몸이 눕는 철탑 속에서
자면서도/ 더 높이 날아오르는 단꿈을 꾼다/ 연습처럼 쉼 없이
하늘을 날다가/ 상승기류 타고 올라 내려오지 않는 꿈을"(「성
자동 비둘기」) 노래하며 살아가는 성자동 사람들의 모습에서 질
척거리는 삶의 고난을 헤쳐나가려는 의지가 엿보인다.

그냥 그립고 허전한 날엔
바람도 쉬어 간다는 보리마당 파란 지붕
할매집 가자
목포 앞바다 건져 올릴 달빛도 없고
들고 나는 배 한 척 안 보인다 하여도
추억과 사랑이 그릇마다 쌓인 곳

두부에 막걸리 한 사발
건정에 소주 한 잔
빨랫줄에 걸린 생선 살에
밑간처럼 밴 세상살이

주고받는 술잔 속에 녹아들고
나주볕이 블록 담장을 넘볼 때면
유달산 재넘잇길 타고 오는 바람이 먼저 취한다

오늘은 꼭 그곳에 가즈아
보리마당 할매 손맛이 춤추는 그곳에
　－「보리마당 가즈아」 전문

　목포 서산동에는 사람들이 정착해 마을을 이루기 전에 보리
타작을 하던 '보리마당'이 있다. 옛날에는 이 주변이 보리밭이
어서 이곳에 와서 보리타작을 해 보리마당이란 이름이 붙여졌
다고 한다. 유달산에 봉수대가 있었을 때 봉수대를 관리하던
둔전병들이 보수로 지급받은 둔전 1결에서 나온 밭곡식을 타
작했던 터라고 전해온다. 그러나 사실은 유달산 봉수 봉졸들이
지내던 초소 자리이다. 필자도 이 시인과 몇몇 작가들과 함께
보리마당을 찾아간 적이 있다. 목포 구시가지와 목포항 경관이
눈앞에 펼쳐지는 자리에 앉아 민어를 먹었던 기억은 아직도 생
생하다.
　시「폭풍우 속 목포항 대합실에서」에서는 "삶을 위한 일터이
기에/ 섬과 육지로 갈라서 있지만/ 온다는 소식이 잘려 나가는
시간은/ 발 저림이 올 때처럼 온몸을 꼰다// 눈물 대신 환청으
로 쏟아지는/ '막배로 가겠소'/ 나도 모르게 포개지는 두 손 안

에/ 다시 채워 넣는 기다림/ 누군가의 이름을 부르고 싶었다/ 막배가 오지 않은 날에"라며 목포항을 떠나 수많은 섬들과 바다로 가족의 생계를 위해 출항하는 가장들의 결연함이 엿보인다.

이정숙 시인은 유달산을 뒤로하고 영산강을 통해 나주의 영산포까지 영향권을 둔 서남부 지방의 중심도시인 목포에 생명력을 불어넣고 있다. 그의 행보가 주목받는 이유이다.

2. 해국, 그 향기 비에 젖지 않는

유고 문예학자 빅토르 츠메가치와 독일 연극학자 디터 보르흐마이어는 서정시의 위대성은 작품에 구체화된 진실성에 근거한다고 본다. 지극히 주관성의 예술이며 시인 그 스스로가 주체로서 발견한 것을 쓰는 것이라는 것이다. 이정숙 시인의 고향은 증도이다. 아름다운 천혜의 바다와 수많은 섬들과 염분 섞인 바람 속에서 성장했다. 지금은 유년의 추억을 반추하는 글들로 보이지만 실제로는 이정숙 시인의 시적 서정시의 발원이 증도임을 알 수 있다. 시인은 현실의 세계에 살고 있지만 결코 유년의 기억들을 소홀히 하지 않는다. 이정숙 시인의 호는 해국이다. 그 향기 비에 젖지 않고 세상에 향기를 뿜어대고 있다.

난바다를 퍼 올려 증발지에 널어놓고

늙은 산파가 아기를 받듯
봄날 햇살이 당일 소금을 부른다

소금이 온다
소금이 온다

형체도 없던 것이
제 피를 말려 모양을 만들고
바람에 살을 주며
갇혀서 말없이 앓던 가슴이
땀방울을 모아 담고

토판에서 소금이 익던 날
시집살이 그늘을 걷어낸 엄니
쓰디쓴 소금꽃을 피웠다
꼭두서닛빛 어느 저물녘
나도 달고 짠 소금꽃을 꺾어 안았다
–「소금꽃을 꺾다」 전문

이번 시집의 표제 "소금꽃을 꺾다"가 나온 작품이다. 시인은 소금으로 유명한 증도 태평염전을 보며 자랐다. 예전에는 천일염을 만드는 과정에 엄청난 노동력이 필요했다. 이 힘든 소

금 제작 과정에 절묘하게 어머니의 삶을 얹어 시집살이의 어려
움을 간접적으로 표현하면서, 한 여성으로서 자신의 삶에 다가
올 운명적인 고뇌를 소금꽃으로 비유하고 있다. 시인은 소금이
가지고 있는 내재적 이미지를 살려 간수가 빠진 소금의 결정인
소금꽃을 꺾으면서 어려운 삶을 극복해 나갈 수 있는 의지를
키웠는지도 모른다.

　　언제나
　　바람이 처마 밑에 걸린
　　그물의 벼리를 풀면
　　그물코마다 걸려있던 갯내음이
　　와르르 쏟아졌다

　　아버지는
　　바구니에 투망을 담아 어깨에 걸고
　　증도 바다를 담으러 나가셨다
　　우리 가족의 밥상은
　　가마우지 같은 투망이
　　갓 잡아 올린 수산물로 풍성했다

　　한 집안
　　가장으로 산다는 것은

산 같은 무게가 양어깨를 누르는 것
아버지는 투망을 던질 때마다
한 짐씩 내려놓는 기분이었을지도 모른다

어느새
마르다 삭아버린 투망에는
팔딱거리는 물고기 대신 아버지의 견비통과
손금 없는 손바닥이 잡혀있다
투망을 치는 자식이 없어도
서운해하지 않을 마음도
  ―「아버지의 투망」 전문

"한 집안/ 가장으로 산다는 것은/ 산 같은 무게가 양어깨를 누르는 것"이라며, 시인의 가족이 식탁에 둘러앉아 "가마우지 같은 투망이/ 갓 잡아 올린 수산물"로 끼니를 함께 할 수 있도록 해준 아버지의 희생과 사랑을 서정적인 눈으로 그려내고 있다. "어느새/ 마르다 삭아버린 투망에는/ 팔딱거리는 물고기 대신 아버지의 견비통과/ 손금 없는 손바닥이 잡혀있다"에도 아버지의 힘든 삶이 아프게 그려져 있다.

시 「삐비가 자라는 계절」에서는 유년의 기억을 감칠맛 나게 추억하고 있다. "소금밭 옆 둑길에 앉아/ 삐비 이삭을 뽑아 씹던 추억이"라며 배고팠던 그 시절을 일깨워 현실에 충실하자는 메시지를 전해주고 있다.

아침나절 감나무 밑에 서서
감똑 떨어지는 소리를 듣는다
실하게 익을 감들을 위해
인연 줄 끊어내는 비명이다

어머니는 자식들 가지치기할 때마다
제일 큰 가지부터 잘라내셨다
내 꿈은 날개 한 번 펴보지 못하고
번번이 잘려 나갔다

내 이름 앞에 붙은 큰딸
잘라내고 싶어도 자를 수 없는
또 다른 이름
떨어진 감똑에 눈길이 자꾸 간다
　－「감똑 떨어지던 날 － 큰딸로 태어나」 전문

　이정숙 시인은 바다 내음이 깃든 서정의 근본을 지니고 있
다. 이런 근본을 가진 시인은 정감 어린 정서와 예리한 관찰력
으로 감나무에 얽힌 추억을 생생하고 맛깔나게 그려내고 있다.
"내 꿈은 날개 한 번 펴보지 못하고/ 번번이 잘려 나갔다", "내

이름 앞에 붙은 큰딸/ 잘라내고 싶어도 자를 수 없는/ 또 다른 이름". 식솔들은 많고 먹을거리가 부족했던 우리들 모두의 조금은 아픈 기억들이다. 시인이 어렸을 때만 해도 남아선호사상이 남아있을 때라 큰딸이기 때문에 아우들 특히 남자 동생에게 많은 것을 양보하고 살아야 했던 추억이 마음 아픈 것이다. 부러져서는 안 되는 꿈을 접어야 하는 유년의 아픔을 소중하게 그려내고 있다.

시인은 「풀의 꿈」에서 "이 땅에서 잡초라는 이름으로/ 뽑히고 잘려 나가도/ 한 평 땅에 발붙일 수 있다면/ 뿌리를 내렸다"라며 들풀에게도 생명력을 불어넣고 있다. 시인은 생명 있는 모든 것들은 소중하다고 노래하고 있다. 살아가면서 상처 없는 삶이 어디 있겠는가마는 "아무 일 없다는 듯 피고 지고/ 강물처럼 흘러가는 개망초 인생"(「때론 개망초처럼」)이라며 인생에 순응하고 삶에의 용기를 스스로 채워 넣고 있다.

3. 흐름, 그녀가 살아가는 방식

이정숙 시인은 현란한 감각적 수사를 가능한 한 배제한 소박한 시적 표현으로 일관되게 삶을 말하고 있다. 질척한 유년의 환경 속에서 겪어야 했던 좌절과 아픔 그리고 처절하게 암울했던 삶의 순간순간을 글쓰기를 통하여 치유하고 독자들 앞에 당당하게 나서고 있다. 태초의 맑은 영혼으로 돌아가 고운 말, 좋은 생각, 사랑을 표현함으로써 더불어 행복한 삶을 살아가자고 외치고 있는 것이다. 태엽이 장착된 시계는 팽팽한 긴장력이 없으면 멈추게 된다. 생의 흐름을 계속할 수가 없는 것이다. 시인은 아버지의 부재를 통해 자신이 멈춰있지는 않는지 돌아보고 있다.

　　손가락을 베어서 아버지 서랍을 열었다
　　찾으려는 밴드는 보이지 않고
　　보호유리에 금이 간 시계 하나
　　서랍 구석에 무릎 꿇고 멈춰 서 있다

　　혹시나 싶어 태엽을 감아주었더니
　　초침과 분침과 시침이
　　중심을 잡고 바르르 원을 그린다
　　갓난아이가 숨 쉬듯이
　　째깍째깍 고르게 돌아간다

　　진학을 위해 육지로 가던 그날
　　아버지가 내게 사준 시계였다
　　물가에 둔 딸자식이라 일찍일찍 다니라는
　　무언의 압박이 싫었을까
　　잃어버린 줄도 모르고 살았다

아버지를 뵙지 못하는 동안

시계는 아버지 옆에서

나를 대신이라도 하였을까

베인 손가락보다

멈춰 선 시간에 눈물샘이 아프다

　－「다시 시계를 차며」전문

　진한 그리움이 묻어나는 먹먹해지는 글이다. 진학을 위해 육지로 가는 딸에게 사준 시계가 아버지의 서랍 속에 멈춰 서 있다. 그 시계를 잃어버린 줄도 모르고 살았는데 "아버지를 뵙지 못하는 동안/ 시계는 아버지 옆에서/ 나를 대신이라도 하였을까/ 베인 손가락보다/ 멈춰 선 시간에 눈물샘이 아프다"라며 가까이서 모시지 못한 애절한 후회와 그리움이 나타난다.

　시「풍경」에는 "고철 같은 몸뚱일 내려놓으며/ 어둠 속에 긴 그림잘 감추고/ 올라온 길을 다시 내려다보고" 있는 우리들의 자화상이 그려져 있다. 가족을 위해 힘겨운 언덕길을 넘어 거친 바다를 헤치며 헌신했던 부모님이 요양원에 가는 현실을 시인은 결코 따뜻한 시선으로 바라보지 않는다.

　목포시 이로로9번길

　옛 농촌지도소 자리

벽에 걸려있는 고화古畵처럼
낡은 돌계단만 남아있다

좀 더 빨리 가고 싶은 사람들의 지름길
만남의 장소요 약속의 장소로
수많은 발자국과 마음 콩닥거리게 한 언어들이
역사의 흔적처럼 남아있는 곳

돌도 밟힐 대로 밟히면
구멍도 뚫리고 멍 자국도 생기는 법
점점이 박힌 잡티와 검버섯 자국들
누군가는 버릴 수 없는 얼룩의 기록들이
내일이면 먼지로 사라진단다

허리 숙여 돌계단을 오르며
하나하나 쓰다듬어 본다
차디찬 촉감 속으로 스며드는 시간들
다시 내려가야 하는데
　－「철거를 앞둔 돌계단에서」 전문

　모든 것이 빠르게 변화하고 생겨나고 사라지는 오늘날이다.
"돌도 밟힐 대로 밟히면/ 구멍도 뚫리고 멍 자국도 생기는 법/

점점이 박힌 잡티와 검버섯 자국들/ 누군가는 버릴 수 없는 얼룩의 기록들이/ 내일이면 먼지로 사라진단다"라며 머지않아 추억의 역사 속으로 사라져 갈 돌계단 위에서 시인은 지난 동행의 돌계단을 쓰다듬고 있다.

4. 파도, 기억의 저편

이정숙의 시는 온몸으로 살아내는 일상의 정서와 강하게 결합되어 있다. 화도는 증도의 부속 섬으로 긴 노두로 이루어진 섬이다. 물이 빠지면 걸어서 건널 수 있는 섬으로 섬의 모양이 꽃봉오리처럼 아름답고 마을에 해당화가 많아 꽃섬이라고 부르다가 화도로 개칭한 섬이다.

> 나는 가리
> 노둣길 따라 그곳으로 가리
> 찾아간 내 사랑이
> 눈에 보이지 않더라도
> 향기만 있어도 좋아서
> 콧노래 절로 부르리
>
> 나는 가리
> 노둣길 따라 그곳으로 가리

사리의 빠른 물살에
갈 길이 보이지 않더라도
갯가에서 기다림도 좋아
잇몸을 드러내며 웃어보리

화도 노듯길
닫고 여는 물때 따라
사랑도 열리고 닫히지만 않는다면
해당화로 화석 되어 종일 피어있으리
  ―「노듯길 사랑」 전문

  장소에 대한 그리움이나 사랑의 상실로 인한 슬픔보다 더 오
래 지속되는 무엇이 있다는 발견, 슬픔과 그리움으로 힘들어하
는 시간에도 여전히 시선은 타자에게 고정되어 있다. 노듯길
따라 사랑을 찾아 나서는 시인은 "찾아간 내 사랑이/ 눈에 보이
지 않더라도/ 향기만 있어도 좋아서/ 콧노래 절로 부르"겠다고
다짐한다. 수많은 삶의 현장들을 지나쳐 오면서 생활인의 무
게감을 겪고 난 뒤에 문득 뒤돌아본 자신의 흔적들을 담담하게
풀어내고 있다. 인간에게는 누구나 회귀본능이 있다. 또 다른
삶의 터전인 고향을 생각하고 새로운 삶에 대한 긍정의 자세를
다짐해 보는 것이다.

몇 겹의 포장지 속에서 나온 것은
친구가 첫 주인이 되었던
유명 제화 새 신발 한 켤레

아버지 자리가 빈 채로
형제자매가 많았던 친구는
가끔 언니의 신발을 신고
동네며 학교를 오갔다

갯가에 가신 어머니께서
밤늦도록 오지 않는 날이면
담장 밑에 앉아 무섬증을 누를 때도
친구는 언니 신발을 신고 있었다

새 신발이라 볼이 꽉 끼지만
내 발 치수를 기억하는 건
가난한 시절 나눴던 우정일 거다
동요 가사처럼 팔짝 뛰어본다
머리가 하늘까지 닿는다
　－「웃는 신발」 전문

시인은 신발을 자신의 중력을 오롯이 담고 살아가는 존재라고 정의한다. 누구나 어린 시절 신발에 대한 추억 하나쯤은 있다. 친구가 보내준 신발 한 켤레에도 생명력을 불어넣고 있다. "아버지 자리가 빈 채로/ 형제자매가 많았던 친구는/ 가끔 언니의 신발을 신고/ 동네며 학교를 오갔다"라는 표현은 식구들 모두에게 신발을 사 신길 수 없는 한 가정의 가난한 형편을 짐작게 한다. 얼마나 신발을 신고 싶었으면 언니의 신발을 몰래 신고 언니가 오가던 길을 걸었을까. 시인은 이제 친구가 보내준 신발을 신고 처음 거리에 나서면서 봄날처럼 따스한 친구의 마음을 느끼고 있다.

세상은 코로나19로 어수선하고 다툼으로 가득 차 있지만 이런 난장판 같은 세상에서 희망의 싹을 틔우고 아름다움을 향해 질주하는 이정숙 시인이 좋다. 그녀의 삶이 시를 통해 성숙되어 가는 모습이 좋다. 물론 이 시인의 글들이 때론 물컹하고 어설프고 투박한 점도 있지만 정직하고 진솔한 모습이 좋다. 시작詩作을 한다는 것은 자신의 정체성을 찾아가는 과정이다. 시작은 사랑을 기록하는 것이고 에로스에 가까운 생명과 창조의 에너지를 발산하는 작업이다. 안정된 구성과 신선하고도 정제된 언어 구사가 필요한 것이다. 그러나 그것이 말처럼 쉬운 일은 아니다. 독자의 공감을 사는 좋은 시는 다독을 통해서 가능하기에 평생 책을 읽는 것은 시인들의 과제인 것이다.

사람은 상처를 견디면서 깊이 뿌리를 내리고 단단해지며 성장한다. 이정숙 시인은 이제 자신의 이름으로『소금꽃을 꺾다』라는 시집을 세상에 내놓는다. 시인의 길이 탄탄대로만은 아니라 어깨에 드리우는 많은 짐들을 이겨내야 할 때도 있을 것이다. 그러한 순간이 오더라도 지금까지 단련해 온 마음의 근육으로 당당하게 나아가길 바란다.